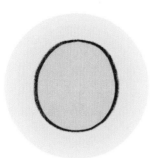

Para Lane Smith y Molly Leach,
amigos llueva o truene.

Texto e ilustraciones © 2008 de Mo Willems
ELEPHANT & PIGGIE es una marca que pertence a The Mo Willems Studio, Inc.

This book is set in Century 725/Monotype; Grilled Cheese BTN/Fontbros

Impreso en Malasia
Encuadernación reforzada

Primera edición en español, agosto 2018
1 3 5 7 9 10 8 6 4 2
FAC-029191-18138

Visita www.hyperionbooksforchildren.com y www.pigeonpresents.com

This title won a 2009 Theodor Seuss Geisel Award Honor for the English US Edition published
by Hyperion Books for Children, an imprint of the the Disney Book Group, in 2008.

**Adaptado al español por
F. Isabel Campoy**

¿Estás lista para jugar afuera?

Por **Mo Willems**

Un libro de ELEFANTE y CERDITA
Hyperion Books for Children / *New York*
AN IMPRINT OF DISNEY BOOK GROUP

¡Geraldo!

6

9

11

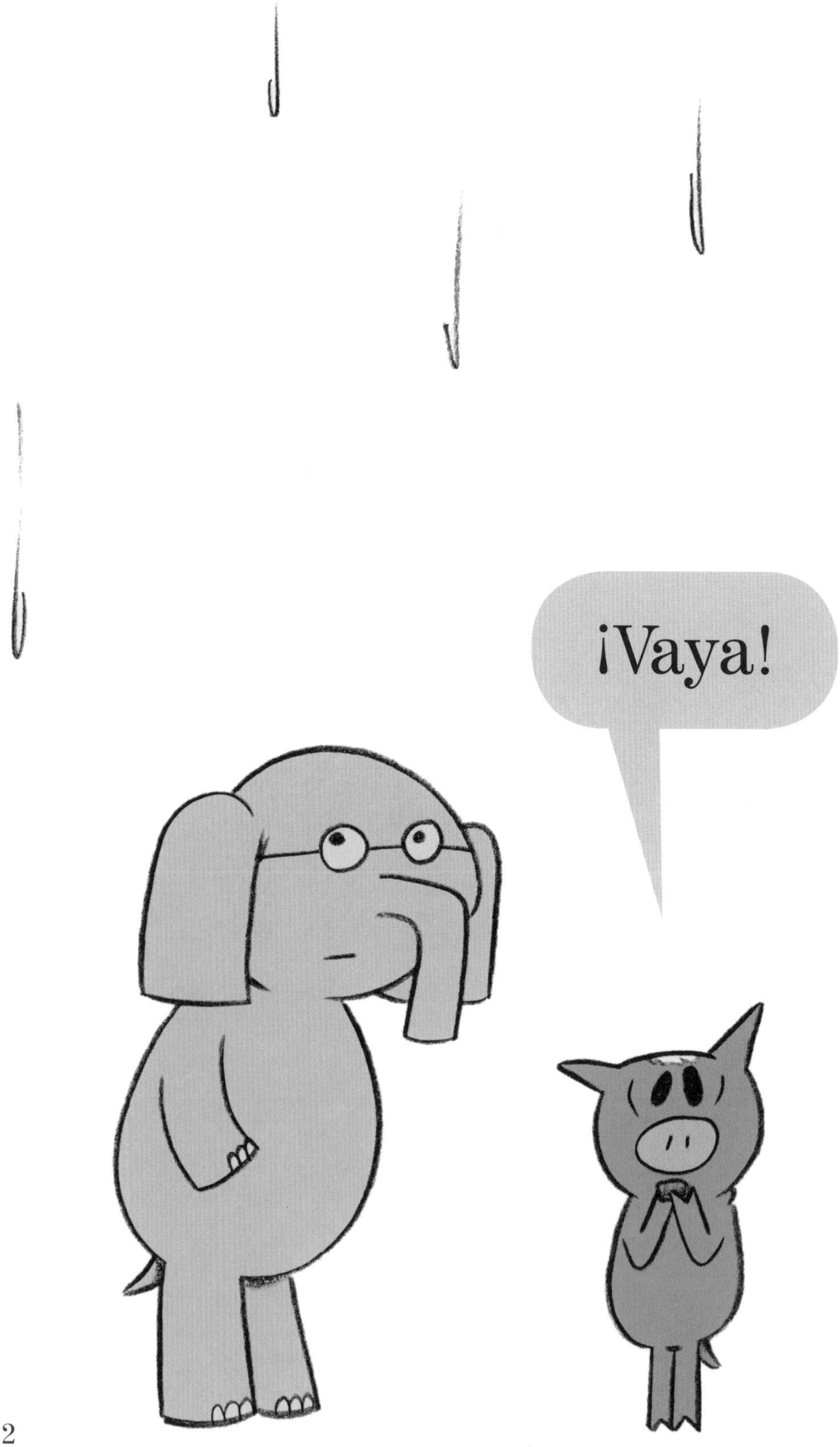
¡Vaya!

23

28

¡¿CÓMO SE PUEDE SALIR A JUGAR CON ESTA LLUVIA?!

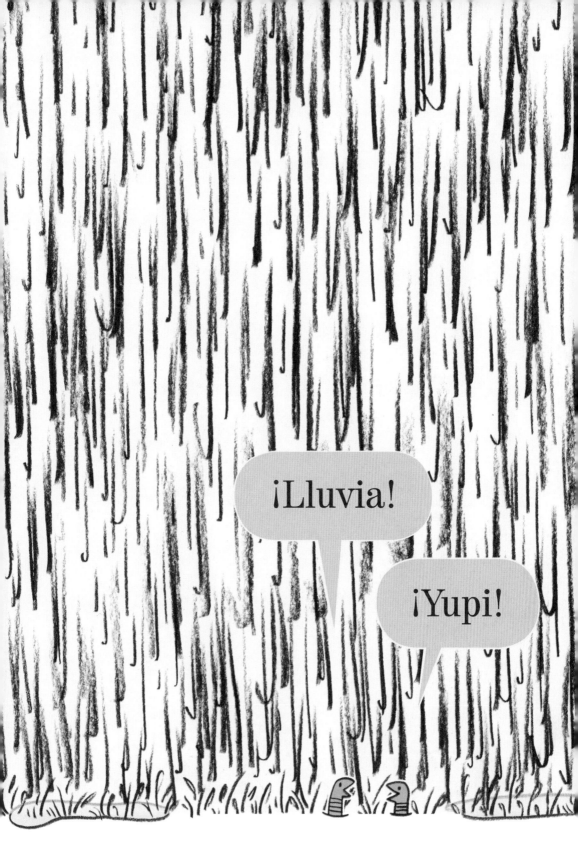

45

Ahora que me gusta la lluvia...

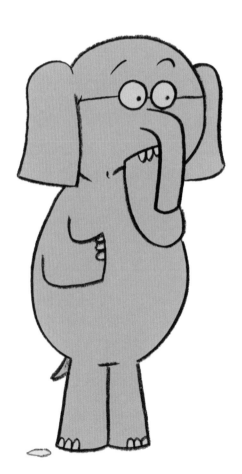

No soy una cerdita feliz.

No te preocupes,
Cerdita. Tengo un plan.

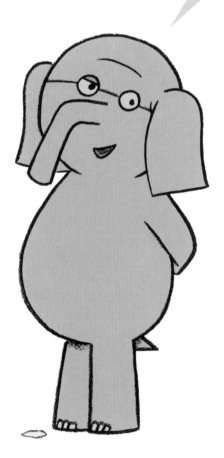

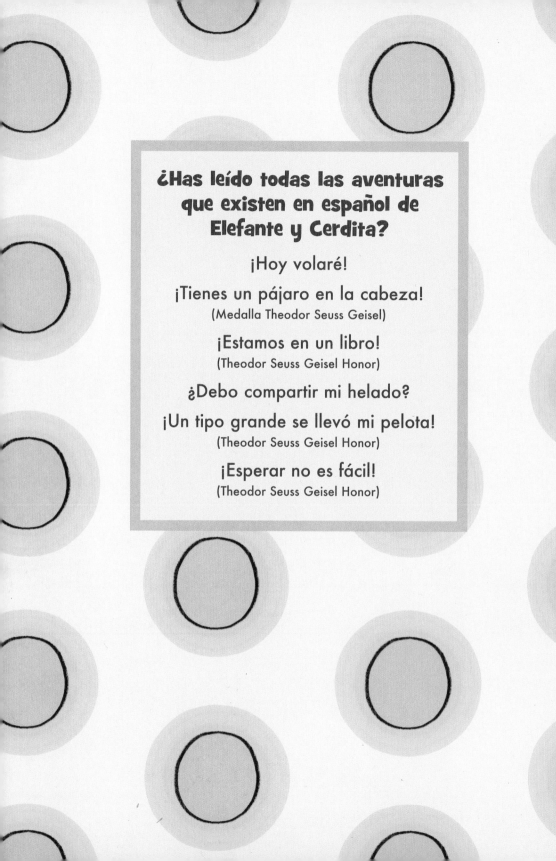

¿Has leído todas las aventuras
que existen en español de
Elefante y Cerdita?

¡Hoy volaré!

¡Tienes un pájaro en la cabeza!
(Medalla Theodor Seuss Geisel)

¡Estamos en un libro!
(Theodor Seuss Geisel Honor)

¿Debo compartir mi helado?

¡Un tipo grande se llevó mi pelota!
(Theodor Seuss Geisel Honor)

¡Esperar no es fácil!
(Theodor Seuss Geisel Honor)